KB064388

릴리와 들장미

b판시선 66

정철훈 시집

릴리와 들장미

도서출판 b

나는 이민자는 아니지만 어쩌다가 심정적 이민자가 되었다. 비록 한 나라에 붙박여 살고 있지만, 이 시대에 조국이나 모국, 혹은 모국어에 대한 개념은 매우 느슨하다. 차라리 어느 후미진 선술집, 성에 낀 유리창의 낙서들이 더 조국처럼 느껴진다. 여기 묶인 시편들은 그 유리창에 쓴 순간적인 감흥에 가깝다. 쓰자마자 눈물처럼 흘러내리는 문자의 환희 혹은 존재들의 혼절.

결말이 불확실한 긴 여정 끝에 카자흐스탄 알마티에 살고 있는 혼혈의 사촌누이 릴리의 손을 쥐었을 때의 감동은 잊을 수 없다. 릴리를 처음 만난 것은 1989년 3월 싱가포르 창이공항 입국장이었다. 그때는 소연방이었던 카자흐스탄과 국교 수립 이전이어서 제3국에서 이산가족 상봉을 해야 했다. 나는 아버지를 모시고 싱가포르에 도착했고 이튿날 창이공항으로 마중을 나갔다. 전광판에 소련 국적 아에로플로트의 도착을 알리는 불이 깜박였고 처음 보는 중부仲父가 아버지에게 다가와 얼굴을 만지며 부둥켜안았다.

피부를 통해서라도 서로의 살아 있음을 확인하고 싶은 접촉의 마법 뒤에 혼혈의 처녀가 파란 눈을 말똥거리며

서 있었다. 그로부터 30여 년의 세월이 흘렀고 나는 여러
차례 알마티를 방문했으며 그때마다 내 곁엔 릴리가 있었다.
나는 릴리를 통해 혼혈과 이주, 망명과 불귀의 삶에 대해
알게 되었다. 이 시집을 릴리와 릴리를 닮은 혼혈의 후손들에
게 바친다.

|차 례|

제2부 실개천은 잠시 빛나는 얼굴을 보여주고

제3부 이민자의 생선국

제4부 릴리와 들장미

제1부

떠도는 말

떠도는 말

떠도는 말에게서 내 이름을 처음 들었다
우수리스크 청년회관 앞에서
말 배우는 아이처럼 더듬더듬 말을 붙이던
노랑머리에 파란 눈동자의 고려인 소녀

내 딸이 처음 아빠라고 불렀던 기억이 났다

내가 마지막인 듯 너를 쳐다볼 때
너는 처음인 듯 나를 쳐다보았다
네 눈동자 속 푸른 하늘은 오직 너의 것

너는 나홋카에서 왔다고 했다

눈이 많이 내리고 북해의 파도가 온종일 밀려드는
해안가 통조림 공장에서 일한다고
휴가를 내고 친구를 만나러 왔다고
금이 갈 것 같은 너의 말

너의 말을 주워 듣고 입김을 불어줄 때
너는 졸린 듯 하품을 하고

오래전 모국을 떠난 말이
우수리스크 청년회관 앞에서
외국어가 되어 떠돌고 있었다

수이푼강에 달 뜨고

수이푼강에 달 떴다
달빛 아래 자작나무는
하얀 껍질을 뒤틀고

달은 동해로 흘러들어
속초 부근에서
설악을 오를 것이다

소원이 있다면
단 하루 만에 죽는 것
내 몸이 멀지 달이 멀쏘냐

숙소로 돌아와
잠을 이루지 못했다

우수리스크역에서

너는 몸의 중심을 잃고 쓰러져 있는 것 같았다
그게 아주 훌륭하다고 느껴졌다
평생 역으로 살려고 노력했다는 것
어떤 슬픔도 밖으로 내비치지 않았다는 것

서부 전선으로 가는 군용 열차도 중앙아시아로 가는
강제 이주 열차도 너를 지나갔다
승객들이 모두 사라지자 너는 식어버린 사모바르에 석탄
을 집어넣고 따뜻한 차 한 잔을 마신 뒤 고단한 잠을 청했다

열차를 기다리며 깜박 졸다가 깨어난 새벽의 대합실
한 사람이 들어오고 또 한 사람이 들어오고
같은 방향으로 실려 온 사람들이 다른 방향으로 흩어졌다

햇살이 창문으로 쏟아져 들어오자
너는 성당의 실내처럼 보였다
거룩하게 고요하게 부활한 듯
내가 헤집어보고 있는 게 너인지 강인지

세상에 돌아오는 강은 없고
언젠가 대륙의 남쪽 시르다리야강에 갔을 때
돌아오지 못한 사람의 후손이 코란을 암송하며
말린 대추를 팔고 있었다

그래도 후사가 있어 우리가 만났다는
시르다리야강의 안부를 이렇게나 세월이 흘러
너에게 전해 주고 싶었다

몰락의 환희

우수리스크 역내驛內로 들어섰다
시베리아 횡단 철도 전 구간의 정거장 이름을 알아보려고
옛 볼셰비키나 혁명가를 떠올리게 하는 대합실
전광판에 역명과 발차 시간이 적혀 있었다
전광판을 찍는 카메라 소리에 사람들은 일제히 나를 쳐다
보았다
그들의 눈에 나는 서툰 스파이였을까?
역무실 사환 소년이 뛰어나오는 게 보였다
소년은 내게 시선을 떼지 않은 채
경찰에게 붙어서더니 나를 지목했다
경찰은 호루라기를 불며 다가왔다
카메라 좀 봅시다
무슨 일이죠?
당신은 철도 시설물 촬영을 금한다는 법을 위반했소
나는 카메라의 모든 사진을 보여주어야 했다
경찰은 한 장 한 장 넘겨보면서 철로가 보이는 모든 사진을
즉석에서 지웠다
수백 장의 사진이 삭제된 몰락의 카메라, 몰락의 여정

경찰은 소년의 어깨를 토닥이며 말했다
장하다, 나의 피오네르!
그날 우수리스크 방어전은 피오네르의 승리로 끝났다
그로부터 인간의 마지막 열매라는 몰락의 환희가
내 안에서 무르익어 갔다

재와 화염

수이푼 강변에 이상설 유허비
여름에 홍수가 나면 물에 잠긴다는 유허비
눈이 녹아 불어난 강물에
돌멩이 구르는 소리 청명하고 하늘은 어둡다

하바롭스크에서 병석에 누운 이상설은 차도가 없어
기후 온화한 우수리스크로 옮겨와 요양하던 중
49세를 일기로 숨을 거뒀으니

"내 몸과 유품은 모두 불태우고
그 재도 바다에 날린 후 제사도 지내지 말라"
유언대로 수이푼 강변에 장작을 쌓고 화장한 후
재는 북해로 날렸고 문고와 유품도 거두어 불살랐다

그날 뼈는 어떻게 빻았는지
강변까지 절구를 가져왔을지
강물은 말이 없고 관을 메고 온 사람들의
눈동자에 젖어 타고 있었을 화염에 대해 생각했다

수족관 앞에서

다 저녁때 블라디보스토크 수족관 앞에 멈춰 선다
빨간 금붕어 떼가 놀고 있다
제법 날쌔게 헤엄치는 게 갓 넣은 모양이다
국적도 이름도 주소도 없는 물고기들

물에 소속되어 있다는 것만 진실
어디에도 속하지 않았다는 게 더 진실
갇힌 줄도, 산소가 모자란 줄도 모르고
그냥 사는 것, 시체로 떠오를 때까지
계속 움직이는 것, 정지는 죽음이니까

물속을 헤엄치는 크나큰 적막을 지켜볼 때
수족관 유리에 내가 슬쩍 비치고
어서 집으로 돌아가야지
그런데 집은 어디?

죽음도 삶도 없는 집
빛 속으로, 적멸 속으로

유년의 집

블라디보스토크 기념품 가게에 걸린 유화 한 점
물감을 툭툭 찍어 바른 거친 붓질의 그림

며칠 전 우수리스크 북동쪽 시넬니코보에서 마주친 골목
풍경을 닮아 있었다
한인 최초의 볼셰비키 알렉산드라가 태어났다는 마을
그림 속 소년은 자전거를 끌고 가고 소녀는 노란 치마에
빨간 털모자를 쓴 채 마을 골목길을 걸어가고 있었다

왼편엔 키 큰 자작나무 몇 그루
농가 대여섯 채가 모여 있는 작은 동네
판자를 잇댄 나무 울타리
하늘은 푸르지도 어둡지도 않은 저녁 빛

마을 입구 아름드리나무엔 타이어 그네가 묶여 있고 농가
울타리 안에서 두 마리 개가 짖었으며 한 무리의 닭들이
모이를 쪼고 있었다
알렉산드라도 오빠와 함께 타이어 그네를 타고 놀았겠지

나도 모르게 그림 속 두 남매의 뒤를 조용히 뒤따르고 있었다
더 따라가면 영영 못 돌아오겠지
두 갈래 마음의 흐름이 자전거 바퀴에 걸려 돌고 있었다
더 늦기 전에 어서 현실로 돌아가야지

그러고도 미련이 남아 그림 속 진창길에 발이 빠진 채 멀어져가는 소녀의 뒷모습을 내내 바라보고 있었다

흐느낌의 방위

우수리스크 호텔에서 구한 현지 지도를 보면
분명 남쪽으로 내려가고 있는데
북쪽으로 올라가고 있다는 느낌

느낌의 어디가 북쪽이고 어디가 남쪽일까
그러니까 느낌의 방위

접경 도시 하산을 향해 가면서
딱히 가야 할 이유를 찾지 못하고 있을 때
남쪽과 북쪽을 혼동하는 느낌의 기원을 찾아간다는
두 번째 느낌이 들었다

아무도 강요하지 않았지만
나 홀로 중얼중얼 남북 분단에 대한 변명처럼
낯선 지명을 짚어가며 느낌이 아니라 흐느낌,

그러니까 흐느낌의 방위,
방위를 혼동한 건 흐느낌 때문이었다

식당칸에서

식당칸으로 건너가 주문을 한 뒤
하릴없이 기다리는 동안 차창에 들러붙는
물방울은 눈동자 같고 물방울을 통해
내 안을 들여다보고 있다

물방울은 주르륵 미끄러지고
물방울은 물방울대로 나는 나대로
영원과 같은 검은 벌판을 바라보고 있다

식탁에 올려진 포크와 숟가락엔
무수한 이빨 자국들
나보다 먼저 살다간 얼굴 없는 사람들

고깃국물에 둥둥 뜬 기름 몇 방울이
내가 떠나온 나라 같았다

신문 열람실

외투를 맡기고 우수리스크 도서관에 들어가자
소리 없이 신문을 읽고 있는 사람들
도수 높은 안경을 코에 걸친 채
키릴 문자가 실어나르는 세상을 읽고 있었다

20세기에 태어나 21세기를 살아가고 있는 사람들
살아 있다는 것만큼 냉혹한 사실주의가 있을까
모두 눈에 불을 켠 채 세상과의 거리를 재고 있었다

실종된 사람들을 찾아 헤매듯 간절하게
신문을 훑어보며 세상에 반응하는 눈동자의 흔들림

우리가 사는 세상이 네 칸 혹은 한 칸짜리
만화에 실려 찌그러져 있었다
캄캄한 방에서 고치에 매달려 있는 작고 힘없는 활자들

슬픔과 분노 없이 사는 사람은 없고
점심시간이었으나 두 명의 열람자는 신문 열람실에

계속 앉아 있었다 아마도 부부인 듯

비록 늙었지만 앉은 자세도 곧고 돋보기안경 너머
눈동자가 선명하게 보였다

스탈린의 말 한마디에 목숨이 오락가락하던 지난 세기
몸을 낮추고 살아온 습관만큼 도서관이 병실처럼
조용한 게 그들의 탓은 아니라고 해도
서글픈 건 어찌할 수 없고

아직도 신문을 읽으며 세상과 맞서는
사람이 있다는 게 눈물겨웠다

불완전한 신

아침 산책 삼아 우수리스크 중앙 광장을 한 바퀴 돌아오니
호텔 로비가 와자하다
러시아 보훈처 후원으로 단체 관광을 온 부상자 협회
회원들,
모두 목발을 짚거나 의족을 끼고 있었다

어쩌다 신체를 잃었는지 아무도 묻지 않고 묻지 않아도
눈에 보이는 불완전한 신神,
그러고도 살아남아 결혼을 하고 자식을 낳고 트렁크를
굴리며 호텔 로비로 집결,
내가 앉아 있는 3인용 소파에 누군가 털썩 주저앉는다

두 팔이 없어 양 어깻죽지를 움직여 의수를 끼우려고
안간힘, 의수를 집어 어깨에 끼워주자 사내가 의연하게
물었다

어디서 왔소?
남쪽에서 왔시다 그런데 어쩌다 팔을 잃었소?

내사 한때 지독한 알코올 중독자였소 어느 겨울밤, 술에
취해 길거리에서 잠들었다가 동상에 걸려 두 팔을 잘라냈시
다

　허허롭게 웃는 표정이 천진했다
　천사 강림의 찰나가 잠시 머물다 갔다

콧잔등을 씰룩

말을 들어보니 유라의 선대는 연해주 태생은 아니고
백파도, 적파도 아닌 소작농 출신
혁명도, 시베리아 내전도 그들의 운명을 바꾸지 못했다
먹고사는 일, 생계를 잇는 일
그게 그의 가계에서 대서특필할 영광이었다

어쩌다 가문에서 별 둘짜리 장군이 나와
한때 자부심이 되었다고 해도 그건
영원하지 않은 소문에 불과하다고 유라가 들려줄 때
자동차 시트가 한 번 들썩였다

바이칼 근처에서 태어나 태평양 연안으로 흘러든
한 마리 연어로서의 유라
그의 조상에 대해서는 여러 설이 있었다
고래라든지 철갑상어라든지 청어의 일족이라든지

설은 분분해도 모든 것은 하나에서 갈라져 나왔으리
어쩌면 유라의 턱수염은 농노로서 주인을 배신한

중세의 모반과 역류의 혈통에서 비롯되었으리

홀러들었다는 관점에서 보면 나 역시
유라와 다를 바 없고 이 우연한 동행에 대해
어떻게 생각하느냐고 말을 붙이자
유라는 듣는 둥 마는 둥
콧잔등을 씰룩

고드름의 질문

호텔 로비에서 만난 운전사 유라에게
하산까지 얼마면 가겠냐고 물었을 때
그저 함박웃음을 지었을 뿐 그 웃음이 좋아
서로 손을 움켜쥐며 하산행을 약속했다

다음날 오전 6시 출발.
우수리스크에서 하산까지 편도 300km
도로는 군데군데 패여 타이어는 터질 듯 압축되었고
길모퉁이 지붕 위에서 가로수 크기의 고드름이 떨어져
내렸다
너는 왜 하산에 가느냐고 묻는 고드름

유라는 고드름에 맞아 죽는 러시아의 겨울에 대해 들려주
었고 나는 돌아오지 못하는 여행을 떠올리고 있었다

떠날 때의 나와 돌아왔을 때의 내가
어느 만큼 달라질 수 있을 거라는 생각이
내 안에 고드름처럼 매달려 있었다

물과 수증기로 만들어진 사람

포시에트의 겨울 하늘에
눈사람 모양의 구름이 상념처럼 떠 있다
어떤 것은 머리가 되고 어떤 것은
몸통이 되고 다리가 되고

살아 있는 사람이 죽은 사람을 그리워하며
올려다보기 시작한 하늘
그 하늘을 잠시 빌려 흘러가는 구름

사람은 구름을 보고도
사람의 형상을 떠올릴 뿐
성층권 위의 하늘을 하늘이라고
부르지 않는다는 것을 잊고 살아가고
잊고 사는 것을 마음이라고 부른다

비행기를 타고 하늘에 오르면
하늘 위에 또 하늘이 있고 그 위에
또 하늘이 있고, 마지막 하늘에

물과 수중기로 만들어진
사람이 살고 있다는 듯

제2부

실개천은 잠시 빛나는 얼굴을 보여주고

하얀 김이 피어오르는 집

점심때도 한참 지난 오후 2시
자루비노 항구엔 군인 아파트 서너 채

지붕 위로 하얀 김이 피어오르고 있었다
저 하얀 김이 문명이겠지

국경에 가도 하얀 김이 피어오르는 집이 있을 테고
몽돌 해안의 얼어붙은 바닷물에 손을 담그자
뼛속까지 시려 오는 짜릿함

잿빛 하늘 아래 겨울나무가 자루비노의 시민처럼
어둡고 조용하게 서 있었다

갈매기 몇 마리 끼룩끼룩
낯선 방문객을 조롱하듯 날고 있는
자루비노의 증강 현실

실개천은 잠시 빛나는 얼굴을 보여주고

한인 최초의 이주민 촌락 지신허로 들어가는 뚝방길
중국어로 계심하鷄心河로 쓰고 티진헤로 읽는 곳
사설 경비실이 들어서 있고 목줄에 매인 개가 날뛰며
짖었다
개 짖는 소리를 듣고 경비실에서 나온
더벅머리 러시아인이 사냥총을 만지작거리며 말했다

여긴 개인 소유의 땅이니 어서 돌아가시오
언제부터 그리됐습니까?
일 년 정도 됐소
가끔 관광객들이 찾아오지 않소?
오긴 오지요마는 땅 주인이 절대 출입시키지 말라 했시다

더벅머리는 손사래를 치고
하천에서 물을 길어다 먹는지 플라스틱 물통에
바가지가 떠 있었다
개 짖는 소리에 묻히는 한인 이주사
이젠 지신허도 밟지 못하는 땅이 되었다

경비실 너머 억새밭 아래 실개천

그 물을 먹고 자라난 나무와 풀꽃 하나하나에

신이 깃들어 있는데 더는 가지 못하는 지신허 들판에서

잠시 빛나는 얼굴을 보여준 실개천에게

작별 인사를 하고 돌아서며

정처 없는 발길을 돌릴 때

개 짖는 소리가 등짝에 붙어 떨어지지 않았다

저만치 이사벨라 버드 비숍의 기척이

증기선을 타고 도착한 블라디보스토크
포시에트만은 살얼음이 얇게 얼어붙어 있었다
한인 이주민들이 소달구지를 끌고 와
증기선을 기다리고 있던 1897년 겨울

영국 왕립지리학회 회원 이사벨라 버드 비숍 여사는
소달구지를 타고 우체국장의 집으로 가서
우편 마차를 빌려 타고 언 강을 가로지른 뒤 아직
풀이 남아 있는 언덕에 당도해 잠시 휴식을 취했다

비숍 여사는 국경 책임자를 만나러
접경 도시 하산으로 가는 중이고
나는 우편 마차가 잠시 쉬어가던 고갯길
옹달샘으로 내려가는 중이다

샘 입구에 작은 나무 십자가가 세워져 있었다
비숍 여사도 여기서 목을 축였을 테고
마차를 끌던 세 마리 조랑말도 예서 물을 마셨을 터

샘 앞의 나무 십자가에 걸린 표주박으로 물을 떠서
유라도 한 모금, 나도 한 모금
십자가 밑에 불 꺼진 초가 여럿이다

그중 하나에 불을 붙일 때
저만치 비숍 여사의 기척이,
그리고 마차를 몰던 한인 이주민 마부의
기침 소리가 쉼 없이 들려오고
유라는 끊임없이 줄담배를 피워 물었다

왜 왔냐고 묻는다면

후미진 국도는 혈관처럼 이어지고
혈관 속에서 떠오르는 북한의 사촌 형제들

어찌 살고 있을까?

유라는 내 안의 들끓음을 알지 못하니
이 비극을 들킬 리 없고
지금은 하산으로 들어가기 직전

해안의 갈대들은 바람에 흔들리면서
국토의 끝을 보여주었다

그 끝에 당도해
혈연의 과거를 되씹어 보고 있는 사내 하나

국경수비대가 왜 왔냐고 묻는다면
딱히 할 말이 없다
그저 유랑을 계속하고 있을 뿐

유랑이라는 말을 몇 번이고 되뇌어 보는

붉은 혀가 있을 뿐

폐허의 꽃

하산에 들어서자 가는 곳마다 폐허였다
유리창 깨진 빈 아파트, 녹슨 발코니, 부서져 내린 외벽,
말라버린 타이어 화단, 끊어진 놀이터 그네, 휘어진 전봇
대,
확장되는 적막 또 적막

폐허가 절망의 꽃이라고 말할 수 있을 것 같았으나
금세 고쳐 생각했다
폐허가 아니고 아직 건축 중인 꽃이라고
세상에 없는 꽃
눈보라 뚫고 피어나는 꽃

언덕 위에 올라서자 두만강 너머
북한 땅 은덕 어디쯤이 희미하게 보였다
저 너머가 나진–선봉이고 웅기항인데
그저 희미하고 희미할 뿐

크라스노–하산로를 따라 도착한 국경 검문소 부근

마른 풀들이 바람에 스칠 뿐
두 줄기 철로만 녹슬어 있고
더는 갈 수 없다

적막이 깊어지기 전
자동차 라디오에서 들려온 중국어 방송
훈춘이 가까우니 당연지사겠으나
노랫가락은 귀에 익은 조선족 가요였다

두만강이 지척인데 예서 끝이라니
북한–중국–러시아
세 젖꼭지를 빨며 흐르는 두만강
어디로 가야 할지 모를 자괴감으로 돋는 소름
소름들을 모아 나도 하나의 젖꼭지를 가질 수 있기를

여기가 끝
여기가 시작

손가락을 자른 마을에 와서

두 번 감은 목도리를 한 번 더 휘돌려 감았다
추워서가 아니었다
딴에는 옷깃을 여미는 동작이었다

너무 추워 장갑을 끼려다가
거센 바람에 장갑을 날려 버리고
불과 십 초 만에 얼어붙는 얼굴과 손

아무리 여며도 여며지지 않는 목도리의 뒤척임
뒤척임이 역사 같았다

과거와 현재가 원만하게 봉합될 리 없다
많은 사랑보다 한 번의 이별이 더욱 명징하고

서른 살 안중근이 손가락을 자른 크라스키노에 와서
사랑과 이별의 불가역이 얼어붙고 있었다

하산 풍경

세찬 바람이 러시아 노파의 스카프를 뒤집을 때
노파는 시큼한 흑빵 한 덩이 헝겊에 싸 들고 어딜 가시나
흔한 카페조차 눈에 띄지 않고 따뜻한 차 한 잔이 그리웠다

그리움의 자의식을 깨우는 햇살이 차 안을 덥히고
태양은 중천에 떠 있었으며 귀마개를 한 소년이 놀이터에
혼자 나와 마른 흙을 발로 차며 먼지가 무엇인지 보여주었다

나는 소년에게 아무것도 보여주지 못했다
배고픈 그림자밖에는

하산에서도 아이들이 태어나고 소학교가 있고 가끔 기차
가 석탄을 떨구고 갔다

태양의 그림자

지는 태양이 왼쪽 뺨을 집요하게 덥혔다
사춘기 때 여드름이 났던 뺨,
피부 아래 태양이 솟구치던 시절,
그때는 어떤 초월이 있었다
지금은 고작 추월이 있을 뿐

유라가 앞차를 추월하려고 가속 페달을 밟자
도로 위를 살짝 떠 달리는 것 같았다
금이 간 아스팔트를 달리는 자동차 엔진소리,
아직 남쪽으로 가지 않은 새들은 언 강에 내려앉아 웅크리
고 있고, 저녁이 되자 그림자가 길어졌다
나를 벗어날 것처럼,

그림자가 내 살아온 전부는 아니지만
전부일 수 있다
내가 벗어놓은 허물처럼 가엾은 그림자 하나

노인과 지팡이

기러기도 울고 가는 북방 하늘 아래
노동절 퍼레이드를 지켜보는 노인과 지팡이
기울어진 몸의 중심이자 세상의 중심인 지팡이

먹고사는 일은 더욱 힘들어지고
물가는 비싸졌다는 노인의 말을 고막을 찢을 듯한
브라스밴드가 대신 들려주는 것 같았다

노인에게도 한때 가족이 있었다
나쟈, 쏘냐, 올랴, 니나, 까쨔, 료바…,
내 친척 같은 두 글자 이름들

내 어깨에도 닿지 않는 노인의 키
키가 줄어든 것은 살아냈다는 것

하늘은 노인의 머리 위에 눈발을 퍼부었고
나는 어느새 입을 벌린 채 눈송이를 받아먹고 있었다

부서진 육체

목단강 대교를 건널 때 비가 내렸다
강변에 위치한 '팔녀투강기념비'
순국한 여덟 명의 여성 가운데 두 명은 조선인
동북항일연군 안순복과 이봉선

거대한 조각상에 조선식 치마가 새겨져 있고
치마폭에 감긴 장총 한 자루

치마폭에 얼굴을 묻고 울고 싶었다
그러자면 내가 돌이 되어야 하리
나는 돌은 되지 못하지만
돌처럼 비에 젖었고
우산이 없다는 게 흡족했다

목단강 시장통을 서성거릴 때
좌판 위 채소며 생선이며 피를 머금은 고깃덩어리

비 오는 날의 비린내에 섞여

육체의 세계가 부서지고 있었다

밥보다 신발

—팔면통八面通에서

사통팔달 대로가 바둑판처럼 뻗어 있는 팔면통
나는 답사를 위해 행군을 하고
나의 말은 버스였다

배고픈 오후 2시였지만 휘발되는 시장기
배가 고프면 아니 된다고 다짐 또 다짐
버스에서 내려 길섶 폐가에 들어서자
깨진 유리창에 비친 구름마저 깨져 있었다

일본군과 전투를 치르고 러시아로 넘어가던 독립군
감자 몇 개로 버티다가 기력을 잃으면
배낭 속의 초까지 먹었다는 독립군

신발이 터져 동상에 걸렸고 동삼에도 홑옷에
초신을 신은 채 싸우다가 팔면통까지 오면
동포가 내주는 밥과 옷이 있었으며
무엇보다 신발이 있었다

그로부터 백 년 후
나는 배가 고프면 아니 되었고
나의 말이 버스인 게 부끄러웠다

변신
—발해진 동경성 유적지에서

성곽 둘레의 해자垓子에 연꽃이 피어 있고
주춧돌 몇 개가 겨우 역사였다
연꽃도 주춧돌도 역사가 아닐 리 없다

어떤 시인은 연잎에서 꼼지락거리는
어린 개구리를 보고 온갖 시름을 잊는다는데
나는 그게 아니 된다
그저 물끄러미 쳐다볼 뿐
시름은 시름대로
개구리는 개구리대로

개구리에 대한 시를 쓰고 싶었으나
개구리를 잡아먹은 뱀에 대해 쓰고 말았다
그 뱀은 얼마 전까지 가시덤불에 갇혀 쩔쩔매던 참새였다
그러니까 지금은 개구리와 뱀과 참새가
발해의 백성이었다

고장 난 시계
—팔면통 역전에서

역전에 내걸린 시곗바늘은 움직이지 않았다
어릴 때 외가에 가면
사랑채 툇마루 위에 걸려 있던 괘종시계
친가엔 없고 외가에만 있던 시계
태엽을 감으면 불규칙한 내면의 느낌이 일어나는 시계
톱니바퀴가 멈추기 전까지 사력을 다했지만
고장 난 시계처럼 쓸쓸한 외형만 남아 있는 역
처마에 매달린 낙수가 노인의 눈물처럼
눈물의 순도처럼 툭, 하고 떨어졌다
팔면통은 그 순도를 머금은 채
팔면통에 머물고 있었다

밀사의 심정이 되어

점심을 먹기 위해 들어간 당벽진 식당 뒤뜰에 드럼통
화덕
인간이 불을 발명하였다는 사실을 떠올리게 하는 화덕
식당 왼편에 러시아풍 건물
서울 정동의 구 러시아공사관을 연상시키는 건물

창틀 위에 박공 모양의 삼각형 장식
건물의 정면과 측면은 아치 아케이드로 둘러싸여 있고
한쪽에 세워진 탑의 내부는 본관과 연결되어 있었다

보드카 몇 잔에 휘청거리는 점심
이쑤시개로 이빨을 쑤시며 내가 만약
대한제국에 살았다면 밀사가 되었을지도

황제의 밀서를 품에 넣고 파리로, 헤이그로 가기 위해
마파리를 타고 지나갔을 당벽진
당벽진에서 국경을 넘어
아라사 기차를 잡아타고 서쪽으로, 서쪽으로

이빨을 쑤시다가 잇몸에서 피가,
화장지로 피를 닦아내며 피를 보고야 만
밀사의 심정이 되어 화덕을 뒤적거리고

차창에 기대어 안부를

중국 둥베이東北 무단장–밀산 국도
오른쪽으로 꺾어지면
3년 전 갔던 헤이타이黑台가 지척이다
북으로 간 백모가 전쟁 때
두 아들을 업고 피난 간 헤이타이

잘 있느뇨?
창밖을 내다보며 무심코 한 마디
버스 승객들은 코를 골거나 잡담을 나누고
잠깐 정차하자는 말이 차마 나오지 않았다

헤이타이 철길 너머 대성촌
윤진옥 노큰마니는 아직 살아 있겠지
평양에서 피난 온 백모와
친자매처럼 지냈다는 노큰마니
다시 오겠다는 약속처럼 오긴 왔으나
차창에 기대어 안부를 물었을 뿐

코골이 소리에 버스 안은 어항처럼 아득해지고
나는 한 마리 금붕어가 되어
공기 방울만 내뿜고 있었다

제3부

이민자의 생선국

나목裸木은 알고 있다

슬랴반카 벌판에서 태어나 푸른 잎을 틔우고

태어난 자리에서 최후를 맞는 나목裸木은 알고 있다

한 자리에 붙박여 움직이지 않는 사랑이

왜 무섭도록 아름다운지

내 태어난 날에도 이 벌판에서 누군가 태어나고

며칠이고 몇 달이고 아기 울음 같은 비가 내렸으리

방금 차창을 스쳐 간 나목은 알고 있다

나와 함께 하나의 심장을 나눠 쓰면서

끝나도 끝나지 않는 여행을 하고 있다는 것을

이민자의 생선국

날은 저물고 진눈깨비가 털모자에
쌀알처럼 떨어지는 날은
어서 폴란드 이민자의 민박으로 가자
가서 폴란드식 생선국을 마시자

주인집 노파의 눈동자에 전쟁 때 죽은
아들의 사진이 비치고 페치카 장작이 액자의 유리에서
불탈 때
아들이 좋아했다는 생선국은 뼈가 녹아서 하나도 없다
아들이 녹아 있는 생선국

아무도 기다리지 않은 밤은 오고
노파는 아들의 전사 통지서를 보여주며
내가 죽은 아들을 닮았다고 했다
나는 한 그릇을 더 청해 먹으며 밤새
노파의 아들이 되어주었다
생선국을 세 그릇이나 비우며 트림을 하면서

죽음은 어디에나 있고
그렇게 되지 않았어야 할 일들은
반드시 그렇게 되고

집시 여인의 보따리와 속물들

그녀가 일어나 걸을 때면 땅이 쿵쿵 울려서
슬픈 건 다 이렇게 육중한 몸을 갖는 거냐고 물을 수
있겠지
그녀가 빌딩 주위를 아주 천천히 도는 건 햇볕을 쬐기
위함이지만
그늘에 들어가면 그녀는 보이지 않지
아직 태어나지 않은 사람처럼

빌딩 수위는 그녀가 아르메니아 출신이라고
편의점 점원은 그녀가 우수리스크로 흘러든 집시의 사생
아라고
농담처럼 말하지

그녀가 뚱뚱한 건 슬픔이 스스로 자기 복제를 했기 때문이며
그녀가 둘둘 말아 안고 다니는 보따리엔
죽은 아기가 들어 있을 거라고 쑥덕거릴 뿐

그녀가 공원 벤치에 앉아 슬픔을 말리는 동안

아무도 가까이 가지 않지
그녀가 실성한 미소를 지으며
담배 한 개비를 얻기 위해 손을 내밀면
사람들은 이리저리 피해 다니며 궁금해하지
보따리 속에 무엇이 들어있을까?

그들이 풀어헤쳐 보고 싶은 건 그녀의 보따리인가?
그들 자신의 보따리인가?
누구나 하루에 한 번은 풀어헤쳐 보는 보따리
죽은 아기가 들어있든 인형이 들어있든 무슨 상관이란
말인가?

오늘 밤 당신이 덮고 자는 이불을 들춰보면
이런 노래가 들려올 거야
  담배 한 개비를 주지 않으면 내 보따리는
  점점 부풀어 올라 터져버리고 말 거야
  슬픔도 가끔 햇살을 쪼여야 해
  햇살 속에 사지를 쫙 펴는 고양이처럼

싸구려 여관에서

기차는 23시 49분에 출발
내일 아침 10시 우수리스크역 도착
도착하는 대로 우수리스크 시민이 될 것

메모를 하고 짐을 싼다
먹다 남은 소시지와 흑빵 한 덩어리,
반쯤 남은 보드카 한 병,
간이 식탁에 놓여 있는 수저와 포크와 접시,

지금은 어려운 시절이다
놓여 있는 모든 사물이 삶 같다
혼자 사는 삶
설거지할 게 없는 하바롭스크의
별 하나짜리 싸구려 여관

3박 4일의 잠은 적막했다
겨울잠에 들어간 동물처럼
벌거벗은 실존과 마주친 나의 동굴

기차는 23시 49분에 출발한다

막막함의 획득

눈은 세상을 덮고 장화 신은 야간 노동자가 눈을 치우고
있다
퇴근 버스에서 내린 젊은 남녀는 팔짱을 끼고 식당으로
들어간다
나도 뒤따라 들어간다

식당 진열장 안에 러시아어와 중국어로 적힌 가격표가
놓여 있다
쇠고기 미트볼 160g, 샐러드 한 접시, 흑빵 세 조각, 수프
한 종지, 보드카 200g, 종이컵은 공짜

와자하게 먹고 마시며 이야기를 나누는 식탁
누군가는 연신 술잔을 들이켜고 누군가는 노래를 부르고
누군가의 어깨 위에 올려진 농담 같은 막막함

막막함이 식탁에 올려져 있다는 게
그날 저녁의 획득이었다

막막함을 오래오래 느끼고 싶어 음식을 포장해
숙소에서 혼자 야식하는 밤
창밖에서 나를 훔쳐보는 눈이 내렸다

시베리아 이민사를 듣는 밤

하바롭스크 모텔 관리사무소 아낙은
밤새 시베리아 이민사를 들려주었다
간간이 계단을 올라온 이국종 투숙객들에게
방 배정을 하고 열쇠를 내주면서

안경 속으로 굴러가는 쓸쓸한 밤의 발음들
책상의 작은 액자엔 처녓적 빛나는 사진
성장한 아들은 흑해 연안 소치에 살고
이혼한 남편은 모스크바에서 성공했다고
조용히 입을 다문 쓸쓸함

아낙은 동양과 서양이 반반 섞여 있었다
살아온 내력을 다 말하지 않았지만
어디쯤에서 운명이 틀어져 여기까지
흘러든 것은 자명한 사실

대국大國의 외로움이 러시아 지도 위에
선명하게 새겨져 있었다

어찌할 수 없는 외로움의 유물론

뜬눈으로 지새우며 아낙의 이민사를 듣는
밤의 적막과 푸른 광기
벽에 붙은 지도의 기나긴 아무르강이
돌아오지 못하는 국경처럼 꿈틀대고 있었다

욕조의 노래

'욕조 밖으로 물이 넘치면 벌금 1만 루블'
경고문을 읽고 바닥을 내려다보았다
수챗구멍이 없었다

물은 물의 길로
사람은 사람의 길로
가르마 타듯 밀려오는 강박
물의 질서를 잡아라
훈령이 떨어진 우수리스크의 아침

커튼 끝자락에 물을 묻혀 욕조 내벽에 붙이고
샤워기에서 훈령처럼 쏟아지는 물줄기
단 1분 만의 적응 혹은 동화^{同化}

쌀밥을 먹다가 흑빵을 씹어야 했던 이민자처럼
삶의 조건이 바뀌었다 해도
살아날 구멍은 있다는 훈령의 심연

욕조의 마개를 따자 물팽이가 돌았다
물은 물의 노래를 부르고
욕조는 욕조의 노래를 부르고
나는 나의 노래를 부르고

아무르강 검은 눈동자

아무르강에 가서 보았다 강물에 떠내려간 것들
사랑도 전쟁도 신神의 한숨도 떠내려갔으며
지금은 눈송이만 언 강에 쌓이고 있다

아무르강에서 당신*이 총살된 후 하바롭스크 시민들은
3년간 물고기를 잡지 않았다고 전해온다
한 번만 내리는 눈은 없고
눈송이는 스스럼없이 강물로 뛰어들고 있다

태양은 눈보라에 가려져 희뿌옇고
시내는 대낮에도 불을 밝혔으며 지평선 끝으로부터
도착한 기차는 눈더미를 떨구며 기적을 뿜었다
중국인 부부가 살라**를 씹으며 트렁크를 끌고 갔다

당신도 이 거리에서 사랑을 하고
자식을 낳아 어머니가 되었으며
혁명도 꿈도 이 거리를 지나갔다
마침내 대기를 찢는 한 발의 총소리

당신은 겨우 서른세 살이었다

강이 풀리는 봄까지 기다릴 수 없는 이 마음
눈송이는 스스럼없이 강물로 뛰어들었다

* 한인 최초의 볼셰비키 김 알렉산드라(1885~1918).
** 소금에 절인 돼지고기 육포

몸속의 돌

모스크바의 겨울은 숨 쉴 때마다 공기에 가시가 박혀
있는 듯 폐부가 따끔거렸다

내 청춘은 그 흔한 정수기조차 장만하지 못할 만큼 가난했
으니 석회 섞인 수돗물을 마신 결과는 아랫배를 바늘로
찌르는 방광 결석이었다

러시아인들이 민간요법으로 쓴다는 약물을 달여 복용했
으나 결석의 크기는 점점 커져 통증은 하루에도 몇 차례씩
불시에 나를 급습하였다

어느 날 새벽, 참을 수 없는 고통에 아랫배를 움켜쥔
채 미샤에게 전화를 걸었다

아이들의 등하굣길을 돌봐주던 초로의 미샤

미샤가 나를 데려간 곳은 모스크바 근교 307병원이었다

하얀 페인트로 '307'이라는 숫자가 담벼락에 대문짝만하
게 적힌 병원

하얀 원피스의 환자복을 갈아입고 이동 침상에 실려 입원
실로 가는 복도로 금빛 먼동이 쏟아져 들어왔다

전시 야전 병원처럼 칸막이도 없는 입원실

환자들은 밤새 기침하며 뒤척이고

옆 침상의 환자는 단무지처럼 노란 얼굴을 돌려 나를 넘겨다보았다 시트엔 군데군데 핏자국

TV에서는 주사로 인한 집단 에이즈 감염 사건이 뉴스로 흘러나오고 있었다

깨진 이데올로기의 늑골에서 흘러나오는 썩은 물, 세상 한 축의 무너짐, 방광 속의 돌멩이, 격랑, 발작과 강박, 테러, 야합의 소용돌이

모든 것이 회진 간호사의 손에 들린 유리 주사기에 눈금으로 새겨져 있었다

주사를 맞지 않으려고 부랴부랴 병원을 빠져나올 때

2층 창문에서 물끄러미 나를 내려다보고 있던 사내 하나

시선과 시선이 맞닿아 허공에 팽팽한 줄이 비끄러매어진 것 같았다

살아서 나가고 싶다는 그 젖은 시선에 빨려들 것 같은 내 영혼을 몸속의 돌이 지그시 누르고 있었다

사진과 병사

—홍개호興凱湖에서

4분의 1은 중국 흑룡강성
4분의 3은 러시아 연해주
지도에만 국경이 있을 뿐 물 위엔 국경이 없다

볕이 따가운 8월 말
호숫가에 오성기를 매단 보트가 여러 대다
모래사장에서 연결된 목교를 걸어 보트를 타려고
내려서자 더욱 뚜렷이 떠오르는 사진 한 장
1929년 홍범도가 새 부인 이인복과 이인복에게 딸린
손녀 예카테리나와 함께 홍개호 부근에서 찍은 사진

외투를 입은 홍범도는 허리에 권총을 찬 채
무릎에 두 손을 가지런히 올려놓고
이인복과 까까머리 예카테리나는
들꽃을 꺾어 들고 있다

총과 꽃
총은 한 자루

꽂은 두 다발

하나는 전쟁
하나는 평화
그때 극한 직업은
독립군이고 의병이었다

보트는 물살을 가르며 허공에 떴다가
수면으로 내려앉고 잠시 허공에서 반짝이는
사진 속 눈망울

사진을 찍은 사람은 누구였을까
어쩌면 사진에 취미가 있던 독립군 병사였을 터
필름을 현상하려면 대처로 나가야 했을 터
그때 대처는 연해주 우수리스크가 유일하고

사진과 병사
이렇게 쓰고 나니 들린다

우수리스크 거리를 저벅거리던
사진 병사의 구두 소리

빈 호주머니의 사랑 노래

내 호주머니는 비어 있지만 하나의 기분을 꺼낼 수 있다

광장의 어둠 속에서 돔브라를 연주하는 집시 무리와 미라
가 전시된 박물관과 박물관 회랑에서 졸고 있는 노파를
꺼낼 수 있다

야외 식탁에 내려앉아 음식 찌꺼기를 쪼아대는 비둘기
떼와 버려진 흑빵과 백조의 호수를 꺼낼 수 있다

초승달이 비치는 카페의 유리창과 쌍봉낙타의 우는 소리
와 소년궁전의 지붕에서 펄럭이는 깃발을 꺼낼 수 있다

알리바바와 사십 명의 도둑과 해바라기 씨를 까먹는 무슬
림 경찰과 흘러간 노래를 되풀이하는 전축을 꺼낼 수 있다

뒤집힌 호주머니가 죽은 소의 혓바닥처럼 늘어져 내 슬픔
을 핥지 못한다 해도
지금은 크리스마스 캐럴이 울려 퍼지는 망명지의 밤이다

제4부

릴리와 들장미

피오네르의 집

푸른 눈의 조카 엘레나를 피오네르의 집에
바래다주며 맞잡은 손에 힘을 준다
푹푹 쌓인 눈길을 헤쳐나갈 때 엘레나의
작은 손은 스팀이 들어온 듯 뜨거워
「우리 오빠와 화로」에 등장하는 영남이가 떠오르고…
'우리들의 피오닐 조그만 기수'라는 임화의 영남이…
영남이가 무탈하게 자랐다면
종로 거리의 주인이 되었을 것이다
종로가 영남이의 거리였듯
눈보라 이는 알마티는 엘레나의 것
친구들과 어울려 눈사람을 만들다가
멀어져가는 나를 향해 손을 흔드는 엘레나
마르크스도 레닌도 눈사람처럼 녹아내렸지만
눈을 점점 크게 뭉치고 있는 엘레나
네가 차라리 영남이다

릴리와 들장미

알마티 시립공동묘지 입구에서
조화를 사 들고 오솔길을 걸어갔다
그 방향이 내가 사는 세상에서 가장 먼 곳이었다
울타리에 둘러싸인 묘지에 나무 십자가가 세워져 있었다
"어머니는 여기 가족 묘지에 묻혔어"
릴리는 무덤 주위에 들장미를 심었다
국경 너머에 들장미가 핀다면
그게 모두 릴리가 심은 들장미 같았다
풀을 헤치고 묘역 안으로 들어섰을 때 묘비에 새겨진
릴리의 외조부와 외조모의 이름을 처음 보았다
그들에게는 육십 년 전 남한 출신의 망명자에게
시집간 딸을 흙에 묻힌 채 돌려받은 것이었다
릴리는 어머니에 대한 모든 것을 떠올리려는 듯
걸레에 물에 적셔 묵묵히 묘비를 닦았다
들장미는 아직 꽃을 피우지 않았지만
딸이 흙으로 돌아온 것만으로도 꽃을 피운 것 같았다
한 사람이 더 들어갈 수 있는 가장자리에도
들장미가 심겨 있었다

나는 릴리에게 장미 한 송이 주지 못했지만
그 자리에 들어가 묻히고 싶었다

휘파람새의 노래

알마티의 새벽에 깨어나 듣는 휘파람새 소리
벌써 20분 동안 창가 포플러 나뭇가지에 붙어 있다
듣다 보니 귀가 간지럽고 반복되는 음조가 있다
사촌누이 릴리의 합죽한 입을 닮은 휘파람

모든 노래는 과거에서 오고
가지를 건너뛰며 멀어져 가는 게 귀로 보인다
릴리와 나도 그렇게 멀어져간 적이 있었다

이산가족 상봉 때 처음 보자마자 사랑 비슷한 감정이
생겼다
　싱가포르 보태닉 가든이며 타슈켄트 촐수 시장이며
　페테르부르크 교외의 자작나무 숲을 한참 걸어 들어가
　여고 동창생의 하숙집을 찾아갈 때도 우리는 손을 놓지
않았다

릴리가 결혼한다고 했을 때 몰래 울었던 것 같다
　알마티 결혼궁전에서 신부 측 들러리로 사인을 하고

시내를 자동차로 돌 때 난 옆 좌석에 앉아
사랑 비슷한 불씨를 손바닥으로 비비듯 꺼버려야 했다

여기까지 쓰는 동안에도
휘파람새의 노래는 여전히 들려오고
옆방에서 릴리 부부가 두런거리는 말이 얼핏 들린다

집에 들어서면서 릴리의 남편 알레그가 내민 손을 잡았을
때
불씨는 여전히 그 손으로 옮겨가 타고 있었다
내게 남은 건 다만 휘파람새의 노래
30년 전 자작나무 숲에서 내가 불었던 휘파람

아무것도 시작된 건 없고
아무것도 끝난 건 없다

아홉 개의 피가 섞인 시

모스크바–페테르부르크행 야간열차
4인용 침대칸 한쪽은 러시아 노부부
다른 한쪽은 릴리와 나
릴리는 나를 배려한다며 위 칸으로 올라갔고
나는 아래 칸에서 잠을 이루지 못했다
모스크바 근교를 벗어날 즈음 들려온 릴리의 목소리

창밖을 내다봐요, 석양이 지고 있어요
나는 카자흐인도 러시아인도 아니지요,
내 혈관에 몇 개의 피가 섞여 흐르는지 나도 몰라요
어머니 말로는 원래 러시아 혈통이었는데
카자흐, 집시, 투르크, 위구르, 아비시니야, 몽골, 키르키
스,
그리고 아버지의 혈통인 한민족까지 모두 아홉 개의 피가
섞였다고 하더군요
그 밖에 내가 모르는 수십 개의 피가 섞여 있는지
누가 알겠어요?

나는 손을 위로 뻗어 릴리의 손을 잡았다
수십 개의 피가 섞이고
수십 번의 죽음을 거쳐 뻗어 나온 다섯 손가락
방금 새가 날아간 둥지처럼
릴리의 손은 따스했다

시간의 뼈를 찍는 뢴트겐

비둘기 한 마리, 창가에 날아와 우짖는다
어떤 영혼이 나에게 말을 걸듯
깃털이 고른 어깻죽지의 가는 뼈가
훤하게 들여다보이는 뢴트겐 같은 소리다

창문은 구름 흘러가는 하늘을 분할하고
침대 옆 선반에서 코끼리 인형이 나를 내려다보고 있다
아빠 코끼리, 엄마 코끼리, 아기 코끼리

코끼리 가족은 코가 닮은 게 릴리 가족과 비슷하다
릴리 가족도 세 명인데 코가 닮았다

아들 얀은 산악 오토바이를 타다가 코뼈가 부러졌고
릴리는 귀가한 얀을 현관에 세워놓고 한참을 살펴보았다
코가 중심을 잡아가는지, 콧날은 예전처럼 세워졌는지
뚫어지라 바라보는 게 무슨 측량사 같다

러시아어로 코끼리는 '슬론'

철자 몇 개를 더 붙이면 '기대다'라는 동사가 된다고
릴리가 알려준 게 1991년 3월이었다
모스크바 지하철을 타고 가며 '문에 기대지 말라'는
안내문을 읽으면서 나는 코끼리라는 러시아어 단어를
릴리에게 배웠다 그때는 태어나지 않았던 얀

코가 닮은 릴리 가족은 서로에게 기대며 살아가고
모스크바 지하철에서 들었던 '슬론'이라는 단어가
비둘기 소리에 섞여드는 알마티의 아침

알마티의 아이들

알마티 고려인 3세가 나에게 건넨 『아랄해의 오늘』이라는 책은 카자흐어여서 그도 나도 읽을 수 없고 다만 배낭에 담겨 있다
그에게는 한국어도 그냥 서재에 꽂아둔 읽지 못하는 책이나 마찬가지

엊저녁 아파트 단지의 작은 농구장에서 여러 말들이 한데 섞여 들려왔다
러시아어, 카자흐어, 우즈베키어에 아랍어까지 섞여들던 농구장

한국어를 읽고 쓰는 고려인 세대가 끝났다는 건 순리에 가깝고
알마티의 아이들은 서너 개의 언어를 동시에 익히며 자란다
그 많은 언어는 그들의 초원

지금은 이른 아침, 아이들은 늦잠을 자는지

엊저녁에 뛰놀던 서너 개 언어들만
농구장을 뒹굴고 있었다

바지 주름을 잡으며

릴리가 내 바지를 다리미로 다리면서 물었다
"화살*은 어찌할까?"
"화살이라니?"
릴리는 바지를 치켜들고 주름 잡는 시늉을 했다
바지 주름이 러시아어로 '화살'이었다
나는 고개를 가로저었다
"그럼 스바보드니?"
스바보드니**는 러시아어로 '자유로운'이라는 형용사
주름 없는 통바지가 스바보드니였다
"그래, 화살 잡지 마, 난 늘 통바지인걸"
태연하게 대꾸했지만 릴리의 입에서 튀어나온 화살이
그렇게 귀할 수 없었다
화살 없는 바지를 입고 거리를 쏘다닐 생각에
흐뭇한 외출의 욕구에 젖으며 비로소 나는
바지 주름 귀한 것을 알고
바지를 사랑하게 되었다
릴리가 치켜든 바지를 입고 귀국해
이 사소하고 비장한 이야기를 누구에게 들려줄지

고개를 주억거리는 기쁨이라니!

---

* 러시아어 'стреля(스트렐랴)'는 '화살'과 '바지 주름'의 두 가지 의미로 쓰임.
** свободны(스바보드니).

태양의 독경

물 한 병과 흑빵 몇 조각을 챙겨 길을 떠났다 이주민의 심정으로, 난민의 심정으로…, 심정만으로 이주민이 될 수는 없고 어떻게 몸을 바꿀 수 있을까, 골똘할 때 멀리 이글거리는 산이 두 시간째 따라왔다

카자흐스탄–중국 접경 차린스키 협곡 가는 길, 사막의 참전비 마을 편의점 입구에 '고려인 참전 용사 헌금함'이 놓여 있었다 편의점 주인은 고려인의 후손, 2차 세계대전이 아직 끝나지 않은 과거로 남아 있었다

길은 하나, 국가는 둘 셋으로 분할되는 땅, 국적 없는 노래는 자동차 카세트에서 돌아가고 아스팔트가 녹으면서 노래를 듣고 있었다 '삼사'라는 간판이 차창에 스쳐 갔다 운전대를 잡은 안에게 물어 수첩에 쓴다 '삼사–흑빵에 쇠고기를 다진 소를 넣은 빵'

당나귀 마차가 먼지를 날리며 달리고 마차를 몰고 가는 카자흐 노인의 염소수염이 바람에 날렸다 종마 한 마리가

트럭에 실려 장터로 가고 있었다 오일장이 선다는 베르흐 마을 지나 세 시간째, 창밖에 내놓은 얀의 팔뚝에서 타는 냄새가 났다

구름은 사막에 거인의 그림자를 드리우고 자동차는 거인의 몸통을 뚫고 나왔다 뒤를 돌아다보니 먼지로 지워지는 길, 지워진다는 건 참이 아니다 지워지는 건 인간의 시선이고 시력일 뿐

다섯 시간을 달려 도착한 차린스키 협곡엔 메뚜기 떼만 툭툭 불거지고 있었다 천 년 전 라마교 고승들이 도를 닦았다는 협곡

태양에서 독경 소리가 환청처럼 떨어지고 메뚜기가 나 자신이었다

초원의 길

탐갈리 암각화 유적지 가는 길
양 떼가 길을 막고 서 있었다
아니다, 인간이 양 떼의 길을 빼앗은 것이다
문명이라는 이름의 모순
모순과 모순의 투쟁이 인간의 길을 만들었을 뿐
양 떼에게 초원은 초원 자체가 길이다

양 떼에게 물어보고 싶었다
나는 왜 여기 왔느냐, 라고
길 위에 새들이 죽어 있었다
초원의 새들은 자동차의 속도를 모르고
죽은 새들이 양 떼를 대신해 나에게 되묻는 것 같았다

지난해 죽은 여성 소설가의 장례식에
왜 가지 않았는가, 라고
이유는 없다
다만 마음에 새겼을 뿐
고대인들도 말과 양과 사슴과 태양신을

편모암에 새겼다
뜨거워 만질 수 없는 편모암

내 마음에도 만질 수 없는 것이 새겨져 있고
만질 수 없는 별들이
밤하늘에 반짝이고 있었다

횡단에 대하여

알마티–비슈케크 국도
갓길 수풀 속은 펑크 난 바퀴들의 무덤이다
트레일러 운전사가 바퀴를 갈아 끼우느라 진땀을 빼는 건
아직 횡단해야 할 무엇이 남아 있다는 것

나 역시 횡단이 남아 있다
그러나 대체 횡단이라니
그냥 살아갈 뿐

삶이 나를 데려가는 그곳이 어디든
길을 나서면 누구나 핸들을 잡고 있지만
그들이 운전하는 건 차가 아니라 그들 자신이다

편도 1차선에서의 무모한 추월은
길 위의 마술 같다
마술은 또 있다

떠돌이 개 두 마리가 벌건 대낮에 국도변 휴게소 옆에서

벌이는 짝짓기 마술
아주 느긋하고 당당한 허리 놀림
성과 속이 저 동작의 어딘가 있긴 있을 것이다
서너 번 하다 말고 끝난 장난 같은 놀음

경찰이 속도위반을 했다며 차를 세웠고
운전사가 초소에 들어가 완강하게 부인하는 동안
개 두 마리는 서로 살을 맞대고
일을 치른 뒤끝이다

2백 킬로를 달려왔지만 횡단은커녕
풍경에 휘둘리는 애처로운 몸이라니
자신의 몸을 횡단했다는 사람을 나는 알지 못한다

카자흐에서 보면
가도 가도 동방이고
가도 가도 나에게 가는 길이다
여기서부터 길이 없다

파란 눈의 매제 알레그

알레그는 러시아 정교를 믿지만
무슬림 친구가 있고 라마단을 이해하고
타인의 신을 얼마든지 인정한다

내가 지구를 서쪽으로 돌며
열하일기 비슷한 것을 심상에 끼적일 때
알레그는 이븐 바투타 여행기 비슷한 것을
끼적이고 있었다

지금은 차를 마시며
알레그가 들려주는 군대 이야기를
티스푼으로 떠먹는 중

스물한 살 때 카자흐 국경에서 복무했다는 알레그
삼 년을 복무하는 동안
소대원 가운데 다섯 명이 얼어 죽었단다
국경 초소의 겨울은 일 년에 구 개월

사람의 깊이는 그렇게도 깊어서
알레그의 우물에 두레박을 내려뜨리면
그때 얼어 죽은 동료 병사의 눈동자가
떠오르는 것 같았다

어떤 것은 티스푼으로 떴을 때
입에 착 달라붙어
전생에 톈산 어디쯤에서 태어났을 거라는
그런 생각

건널목지기 베리크 씨

카자흐–키르키스 국경 마을 쉴리바스타우는
철도 건널목이 신작로를 가로지르는 양치기 마을

양 떼를 몰고 가는 처자에게 길을 물었으나
낯을 붉힌 채 잰걸음으로 멀어지고
처자에게서 양젖 냄새가 났다
가만 보니 간이역에 도시락을 전해 주는 참
나도 얼른 간이역으로 따라 들어간다

처자의 아버지는 건널목지기 베리크 씨
기차가 오면 차단기를 내리는 게 그의 임무
그가 종이에 약도를 그리는 동안
나는 딴청이다

어쩌면 그는 『백 년보다 긴 하루』에 나오는 주인공
예지게이의 분신일지도
마을 어르신 까잔갑의 유언에 따라 사막에
무덤을 만들던 예지게이

돌아가고 싶지 않다
그냥 이 무슬림 마을에 몇 주고 몇 달이고
양치기로 눌러살고 싶다

무얼 할 줄 아느냐고 물으면 돌팔매라고 말할 것이다
양치기 목동의 돌팔매질
하지만 낯선 나를 양치기로 쓸 리 만무하다
그러면 끝난 것이냐 하고 쓴 입술을 핥을 때
그가 약도를 내밀었다

점과 점을 잇는 선이 그려져 있고
키릴 문자로 마을 이름이 적혀 있었다
마을을 잇는 선이 현실과 몽상을 분할하는 경계 같았다
그때 차단기가 내려지고 양 떼가 차단기에 가로막혀 울고
있었다

무의미의 입자처럼 대기에 떠도는 양들의 울음

울음이 울음으로
눈물이 눈물로 잇대어져
사막은 더 넓어지고 있었다

모래 폭풍이 몰려오기 전
어서 길을 떠나라며 손을 내미는 베리크 씨
그의 손을 잡으며
나는 복화술사가 되고 만다

우리가 전생에 한 유르트에서 태어난 형제였다 한들
서로 알아보지 못하는 기억 상실이 이 간이역이죠
그렇지 않나요? 베리크 씨

헤어지면서 알게 되는 오래된 기억
사막의 모래가 우리의 모국일진대
돌아갈 곳 어디요

무슬림 마을 아쉽사이를 지나며

무슬림 마을 아쉽사이를 지날 때
히잡을 두른 소녀가 판자에 목적지를 써 들고 길가에
서 있었다
할머니와 어린 동생은 그 뒤에 돌처럼 놓여 있었다

저토록 가고자 하는 목적지에 온몸으로 몰입한다는 것
한 번의 생애가 하나의 목적지를 가지고 불타고 있었다

두 시간이고 세 시간이고 판자를 든 채
꿈쩍도 하지 않았을 세 사람

더 태울 좌석은 없고
해바라기 씨를 한 줌 쥐어 건네려는 순간
소녀는 영영 멀어져 갔다

내 말 좀 들어봐요

아버지는 나를 피아니스트로 만들려고 했어요
세 살 때부터 아버지에게서 피아노를 배웠어요
아버지는 내게 특별한 재능이 있다고 말했지만
대학에 진학해 피아노를 전공하면서
전문적인 연주가가 될 수 없다는 사실을 알게 되었지요
손이 작아서 한 옥타브 이상의 건반을 짚을 수 없었어요
지도 교수는 나에게 전문 연주가보다는
피아노 교사가 되는 게 낫겠다고 말했지요
나도 내 재능이 거기까지라는 것을 알고 있었어요

아버지는 포기하지 않았지요
아버지는 포기라는 말을 모르는 사람이지요
아버지와 나는 피아노라는 괴물을 사이에 두고
팽팽하게 맞섰지요
내가 꺾으려 했던 것은 아버지가 아니었어요.
단지 나 자신을 꺾고 싶었어요
아버지는 아버지의 인생이 있고
나는 나의 인생이 있는데

아버지는 나를 자신의 인생에 합류시키려고 했지요
아버지는 강한 분이지요
그 강함이 우리 사이를 멀어지게 했지요

번번이 아버지와 대립각을 세운 채
신경이 예민해졌지요
문화나 관습의 차이가 아니었어요
아버지는 욕망을 조절하는 법이 서툴렀지요.
아버지는 자신을 구원하기에도 바쁜데
가족 모두를 구원하려고 했지요
아버지는 삶 속에서 무엇을 잃어버렸는지
규명하려고 사는 것 같았어요
이슬은 이슬을 규명하지 않고도 이미 투명하지요.
그렇지 않나요? 오빠

화단에 쪼그리고 앉아

오늘처럼 수선화와 백일홍이 피어 있는 여름이었지요
우리는 5천 마일을 달려 대륙의 동쪽 끝에 당도했어요
고려인 이주 130주년이었지요,
고려인협회가 주최한 '대륙 횡단 자동차 랠리'에 참가했
던 것이죠
꼭 가야 할 이유는 없었으나 내 피의 한쪽인 아버지가
행사 팸플릿을 가져와 간곡하게 설득하는 바람에

알마티에서 출발해 동쪽으로, 동쪽으로 달린 끝에
연해주 하산–평양–판문점을 통과해 8월 15일
서울에 도착하는 대장정이었어요
아홉 대의 지프차가 배정됐고
차 한 대에 운전사, 교대 운전사, 차량 정비사, 세 명이
탑승해
일주일 동안 길 없는 길을 달려가야 하는 무모한 랠리였어요
나는 교대 운전사로 참가했는데
의료진으로 따라온 간호사와 내가 유일한 여성 참가자였
어요

급하게 조직되다 보니 중간 도착지에
숙소도 예약하지 못한 채 비박을 했지요
들판이나 강변 또는 산길에서 잠을 잔 경우도 허다했어요
식당에서 밥을 먹으면 운이 좋은 날이었지요
식사는 흔들리는 자동차 안에서
비가 오면 속도를 낼 수 없어 꼬박 밤을 새우며
사막을, 초원을, 산길을, 끊어진 도로를 달려갔어요

정비사도 손을 쓸 수 없을 만큼 차가 고장 나면
인근 도시에서 부품을 가져와 교체하기까지
꼬박 이틀이 지체되었어요
나로서 가장 괴로운 일은 화장실 문제였지요
들판에서 사막 지대에서 모포를 두르고 볼일을 봐야 했지
요
중도에 포기하려고 했지만 내 피에 내가 패배하는 게
싫어서 내색하지 않았어요

동쪽으로, 동쪽으로 가면 뭔가 있는 줄 알았지요

웬걸요?

출발할 때 북한 당국은 입국 허가를 내주겠다고 약속했지
만

막상 하산 국경 검문소로 갔을 때 평양에서 어떤 전통문도

받지 못했다며 입국을 불허하더군요

5천 마일을 달려간 우리는 그 자리에 주저앉고 말았어요

블라디보스토크에서 자동차를 헐값에 팔아

겨우 항공권을 사서 알마티로 돌아왔지만

아무도 원망하지 않아요

아버지가 그리던 아버지의 나라는 어디에도 없었으니까
요

나는 내 인생을 살 거예요

5천 마일을 달려 나 자신에게 돌아온 것이죠

내가 나에게 돌아왔으니 얼마나 다행인지 몰라요

릴리의 사랑

자동차 랠리가 실패로 끝난 뒤
아버지에게서 독립해야겠다고 생각했어요
이스탄불에 가서 옷가지며 운동화며
잡화를 떼어다 팔았지요
그때 알레그를 알게 됐어요
우리는 함께 이스탄불을 오갔지요
그러다 사랑이 싹텄지요
다음에 어떻게 됐느냐고요?
다음이 바로 지금이에요

가방을 꾸리며

오긴 왔다
하지만 어디로 돌아간단 말인가
톈산의 만년설 녹은 물이 세차게 흘러내리는
템블락 강줄기에 귀를 내어주면
삶은 어디서 얼고 어디서 녹는지
나는 어디로
대체 어디로

그때 릴리가 나를 부르는 소리
치룬!
릴리의 귀에 처음 들린 내 이름의
발음 그대로일 뿐
한국어도 러시아어도 카자흐어도 아니었다

'치룬'하고 릴리가 부르는 순간
나는 어느 국가에도 속하지 않고
어떤 국경도 지워진 세계에 들어와 있었다

너덜거리는 말의 망토를 걸치고

잘 있니, 릴리
응, 잘 있어
가족 모두 집안에 틀어박혀 있어

카자흐스탄 시위 진압 사태를 TV에서 보고 문자를 보낸
뒤
보름 만에 릴리의 짧은 답신을 받은 날
병원에 가서 초음파 내시경 검사를 하면서
함부로 쓴 내연 기관 같은 장기臟器가
불타버린 알마티 거리 같고
장바구니를 들고 불탄 건물 앞을 지나는 중년 여성이
릴리를 닮은 것 같기도

의사는 감마지피가 높으니 약을 먹어야 한다고
신장에 작은 돌이 생겼고 당뇨와 고혈압 증세도 있다고
나는 눈을 감고 의사는 자꾸 농담이 아니라고 하고
릴리와 함께 올랐던 톈산의 봄이 떠오르고

빨간 약, 파란 약 가운데 어떤 약을 먹어야 지구를 날아다
닐 수 있을까
너덜거리는 말의 망토를 걸치고 날 수 있을까
사무치게 바라보기만 하면 사과가 익어갑니까
사과의 도시 알마티에 지금 에덴의 뱀들이 날아다닙니까
살아만 있으면 언젠가 만날 것이라는 말을 믿어야 합니까

그 말을 철석같이 믿고 눈을 감은 아버지여
죽은 말들의 아버지들이여
말들의 몰락이여
안녕, 안녕히

존재와 역사의 시원始原을 찾아가는 여정
―정철훈의 시 세계

유성호(문학평론가, 한양대학교 국문과 교수)

1. '심정적 이민자'의 체험적, 서사적 기록

정철훈의 새 시집『릴리와 들장미』는 역사적 이산離散의 상징인 북방 여러 곳을 탐사하고 그 땅을 관통해간 시간을 시로 담아낸 일종의 체험적, 서사적 기록이다. 시인은 시집 전반부에서는 러시아 연해주와 중국 동북 지역에서 겪은 체험을, 마지막 4부에서는 카자흐스탄 알마티에 사는 사촌 누이 릴리와의 추억을 담아내었다. "심정적 이민자"(「시인의 말」)의 시선으로 바라본 그곳 사람들의 존재 방식이 '정철훈'이라는 미더운 프리즘을 통해 '우리'라는 범주로 들어오는 순간이 시집 안으로 그득하게 번져가고 있다. 애잔하고 융융하고 가없는 서정적 개입과 확산이 거기서 이루어지고 있다.

그동안 정철훈의 시는 역사의 변방들을 탐색하면서 궁극적으로 가닿는 자기 긍정의 주제를 향하고 있었다. 이때 그의 언어가 도달하는 아득한 시공간은 그의 시가 태어난 수원水源이자 궁극적으로 돌아가야 할 귀의처이기도 했을 것이다. 역사적 개인과 공동체의 삶 그리고 그 밑바닥에 웅크리고 있는 주변인들의 근원적 비극성을 두루 천착하면서 그는, 인간에 대한 비극적 인식과 그럼에도 불구하고 이어져가는 인간 의지의 불굴성을 결속해온 시인이라 할 수 있을 것이다. 이처럼 정철훈은 지속적으로 자신의 존재론적 기원origin이라 할 수 있는 세계를 하염없이 바라보고 탐사해가면서, 옹색한 한반도를 떠나 북방 여러 곳을 거치면서 시대와의 불화를 방법론적으로 확산해가고 있다. 인간의 순수 원형이 존재하거나 혹은 존재했을지도 모른다는 믿음을 가지고 우리도 그가 옮겨가는 시공간에 이렇게 순간적으로 함께 동행해가는 것이다.

2. '떠도는 말'과 '세상에 없는 꽃'을 바라보는 고통의 미메시스

정철훈의 시는 근본적으로 동시대의 타자들을 향한 따뜻하고도 지속적인 시선과 성정性情을 바탕으로 하고 있다. 이러한 시선과 성정이 그 장소들을 북방의 디아스포라 지역으로 택했을 때 특유의 현실 투시와 미학적 갱신이라는 스스로의 요구가 결합된다고 할 수 있다. 일찍이 아방가르드를 야만 사회에 대한 '고통의 미메시스'로 규정했던 아도르노의 규정을 따른다면, 정철훈의 시야말로 '서정의 아방가르드'라고 비유적 명명을 내려도 무방할 것이다. 말하자면 타자들의 고통에 자발적으로 연루됨으로써 그는 그러한 고통의 미메시스를 구현해내는 실천적 안목을 보여주기 때문이다. 그 점에서 정철훈은 우리 시대의 깊은 심저心底에 있는 북방 디아스포라 공간에서 이민자의 심정으로 '고통의 미메시스'를 완성해가는 둘도 없는 시인이다. 다음 시편을 먼저 읽어 보도록 하자.

떠도는 말에게서 내 이름을 처음 들었다
우수리스크 청년회관 앞에서
말 배우는 아이처럼 더듬더듬 말을 붙이던
노랑머리에 파란 눈동자의 고려인 소녀

내 딸이 처음 아빠라고 불렀던 기억이 났다

내가 마지막인 듯 너를 쳐다볼 때
너는 처음인 듯 나를 쳐다보았다
네 눈동자 속 푸른 하늘은 오직 너의 것

너는 나홋카에서 왔다고 했다

눈이 많이 내리고 북해의 파도가 온종일 밀려드는
해안가 통조림 공장에서 일한다고
휴가를 내고 친구를 만나러 왔다고
금이 갈 것 같은 너의 말

너의 말을 주워 들고 입김을 불어줄 때
너는 졸린 듯 하품을 하고

오래전 모국을 떠난 말이
우수리스크 청년회관 앞에서
외국어가 되어 떠돌고 있었다

-「떠도는 말」 전문

　　우수리스크 청년회관 앞에서 더듬더듬 시인의 이름을
부르던 "노랑머리에 파란 눈동자의 고려인 소녀"가 시인으
로 하여금 "딸이 처음 아빠라고 불렀던 기억"을 되새기게끔
해준다. 서로를 마주한 시선 속에서 시인은 눈이 많이 내리는
그녀의 고향을 생각한다. 그녀의 "눈동자 속 푸른 하늘"은
아마도 나홋카라는 "북해의 파도가 온종일 밀려드는 / 해안
가"를 닮았을 것이다. 그곳 통조림 공장에서 일하면서 휴가

를 내 친구를 만나러 왔다는 "금이 갈 것 같은 너의 말"은
지금-여기 시인이 처한 장소를 어느새 역사적 층위로 끌어
올린다. 그녀의 말을 주워 듣고 입김을 불어줄 때 시인은
"오래전 모국을 떠난 말"이 "외국어가 되어 떠돌고" 있는
순간을 목도한 것이다. '모어母語'와 '외국어'의 이항 대립이
그녀의 말을 "떠도는 말"로 규정하게끔 했을 것이다. 이처럼
정철훈은 잃어버린 우리의 근원을 찾아 그곳이야말로 정신
적 고처高處가 숨겨진 종요로운 가치의 집적체임을 나지막이
웅변한다. 가는 곳마다 펼쳐져 있는 이산과 고통과 울음의
흔적을 정성스럽게 수습하면서 시인의 가슴도 한없이 뜨거
워졌으리라. 잃어버린 것들을 회복해가는 사랑의 대상으로,
그에게는 여전히 북방의 시공간이 그립고 아프게 다가왔을
것이다. 엄연하게 부재하지만 항구적으로 존재할 것만 같은
대상을 찾아, 그는 사랑의 에너지로 그곳 사람들을 만나고
수납하고 사랑해간다. 그곳 사람들도 "잿빛 하늘 아래 겨울
나무가 자루비노의 시민처럼 / 어둡고 조용하게"(「하얀 김
이 피어오르는 집」) 서 있던 기억만큼 "평생 역으로 살려고
노력했다는 것 / 어떤 슬픔도 밖으로 내비치지 않았다는 것"
(「우수리스크역에서」)을 지키면서 이렇게 한반도 북쪽을
생애의 터전으로 살아왔으리라. 그리고 시인은 "마차를 몰던
한인 이주민 마부의 / 기침 소리가 쉼 없이 들려오고"(「저만
치 이사벨라 버드 비숍의 기척이」) 있던 순간에도 그들이

"나와 함께 하나의 심장을 나눠 쓰면서 // 끝나도 끝나지 않는 여행을 하고 있다는 것을"(「나목裸木은 알고 있다」) 예감하고 있었을 것이다.

하산에 들어서자 가는 곳마다 폐허였다
유리창 깨진 빈 아파트, 녹슨 발코니, 부서져 내린 외벽,
말라버린 타이어 화단, 끊어진 놀이터 그네, 휘어진 전봇대,
확장되는 적막 또 적막

폐허가 절망의 꽃이라고 말할 수 있을 것 같았으나
금세 고쳐 생각했다
폐허가 아니고 아직 건축 중인 꽃이라고
세상에 없는 꽃
눈보라 뚫고 피어나는 꽃

언덕 위에 올라서자 두만강 너머
북한 땅 은덕 어디쯤이 희미하게 보였다
저 너머가 나진-선봉이고 웅기항인데
그저 희미하고 희미할 뿐

크라스노-하산로를 따라 도착한 국경 검문소 부근
마른 풀들이 바람에 스칠 뿐

두 줄기 철로만 녹슬어 있고
더는 갈 수 없다

적막이 깊어지기 전
자동차 라디오에서 들려온 중국어 방송
훈춘이 가까우니 당연지사겠으나
노랫가락은 귀에 익은 조선족 가요였다

두만강이 지척인데 예서 끝이라니
북한—중국—러시아
세 젖꼭지를 빨며 흐르는 두만강
어디로 가야 할지 모를 자괴감으로 돋는 소름
소름들을 모아 나도 하나의 젖꼭지를 가질 수 있기를

여기가 끝
여기가 시작

— 「폐허의 꽃」 전문

폐허는 모든 것이 절멸한 공간이다. 꽃은 심미적 상징으로서 폐허의 반대편에서 피어나는 형상이다. 그 소멸과 생성의 이미지를 한데 결속해놓은 이 시편의 제목은 정철훈이 만난 디아스포라의 시공간을 고스란히 함축한다. 연해주의 하산에 들어서자 시인은 그곳을 '폐허'로 받아들인다. 가는 곳마다 폐허의 적막을 이루는 세목들은 한결같이 깨지고 비어 있고 녹슬고 부서지고 말라버리고 끊어지고 휘어진 것들이었다. 당연히 "절망의 꽃"이라고 불러보고 싶었지만, 시인은 생각을 고쳐 이제 건축 중인 "세상에 없는 꽃 / 눈보라 뚫고 피어나는 꽃"이라고 명명한다. 하산의 언덕 위에서는 "두만강 너머 / 북한 땅" 어디쯤이 희미하게 보이는데, 국경 검문소 근처에서 시인은 여전히 녹슬어 있는 "두 줄기 철로"를 바라보면서 더는 갈 수 없음을 느낀다. 자동차 라디오에서는 귀에 익은 조선족 가요가 흘러나오고, 두만강이 지척인데 예서 끝이라고 생각하니 "자괴감으로 돋는 소름"이 크게 다가온다. 하지만 여전한 젖줄기로서의 두만강 앞에서 "여기가 끝 / 여기가 시작"이라며 '폐허의 꽃'을 예감한다. 이 아득한 비원悲願 속에 "뜬눈으로 지새우며 아낙의 이민사를 듣는 / 밤의 적막과 푸른 광기"(「시베리아 이민사를 듣는 밤」)를 보태며 깊어가는 북방의 밤을 바라본다. 스스로 "쌀밥을 먹다가 흑빵을 씹어야 했던 이민자처럼"(「욕조의 노래」)이 아득한 시원始原의 땅을 걸어가고 있는 것이다.

이처럼 거칠게 무너진 폐허에서 만난 '떠도는 말'과 '세상에 없는 꽃'을 통해 정철훈은 그것이 새로운 고통의 미메시스이자 언어의 기억술이라는 점을 우리에게 선명하게 보여준다. "죽음도 삶도 없는 집 / 빛 속으로, 적멸 속으로"(「수족관 앞에서」) 걸어가지만 그곳을 지나면 "떠날 때의 나와 돌아왔을 때의 내가 / 어느 만큼 달라질 수 있을 거라는 생각"(「고드름의 질문」)을 밑바탕으로 삼고 그는 여전히 그 길을 간다. 결국 정철훈의 시는 존재론적 비의秘義와 역사적 상처를 혼연하게 결합하면서 우리 역사의 흔적들에 대한 새로운 경험과 해석과 도전을 수행하고 있다. 중중한 그만의 스케일과 밀도가 아득하게 한꺼번에 전해져온다.

3. 역사적 시원에서 부르는 은미하고 아름다운 노래

우리가 보았듯이, 정철훈이 답파해가는 시공간은 다양한 역사적 시원의 형상을 생생하게 보여준다. 물론 그의 시편은 그곳 사람들이 지닌 생성의 활력보다는 기울어가는 잔광殘光 쪽을 향하고 있다. 하지만 그 경사傾斜가 오래전부터 이어져온 그들의 역사적 경험과 사유와 감각까지 무너뜨리는 것은 아니다. 이는 비유컨대 해 질 녘 노을 속에서 새벽녘의 밝음을 담아내는 시인의 역사의식이 그 안으로 개입했기 때문이다. 시인은 흐릿하고 오랜 시간의 음영陰影까지 그려내면서 그것이 바로 우리가 가닿아야 할 역사적 필연의 몫임을 선명하게 말해준다. 나아가 그는 분별적 이성 이전에 존재하는 원초적 삶을 충실하게 재현해간다. 그것은, 들뢰즈 식으로 말하면, 인식론적 지각perception이 아니라 몸에 직접적으로 작용하는 존재론적 감각sensation을 동반하는 것이다.

이때 시인에게 감각이란 세계와 몸이 만나며 생성해내는 경험적 진동이자 원초적 유물론으로 다가온다. 우리 모두의 근원으로 훤칠하게 이월해가는 그의 웅숭깊은 스케일 못지 않게 역사적 시원을 탐색해가는 그의 발걸음은 단연 은미隱微하고 아름답다.

> 수이푼 강변에 이상설 유허비
> 여름에 홍수가 나면 물에 잠긴다는 유허비
> 눈이 녹아 불어난 강물에
> 돌멩이 구르는 소리 청명하고 하늘은 어둡다
>
> 하바롭스크에서 병석에 누운 이상설은 차도가 없어
> 기후 온화한 우수리스크로 옮겨와 요양하던 중
> 49세를 일기로 숨을 거뒀으니
>
> "내 몸과 유품은 모두 불태우고
> 그 재도 바다에 날린 후 제사도 지내지 말라"
> 유언대로 수이푼 강변에 장작을 쌓고 화장한 후
> 재는 북해로 날렸고 문고와 유품도 거두어 불살랐다
>
> 그날 **뼈**는 어떻게 **빻았는지**
> 강변까지 절구를 가져왔을지

강물은 말이 없고 관을 메고 온 사람들의

눈동자에 젖어 타고 있었을 화염에 대해 생각했다

　　　　　　　　　　　　ー「재와 화염」 전문

　시인은 눈이 녹아 강물이 불어날 즈음 어둑한 하늘 밑에서
수이푼 강변의 "이상설 유허비"를 바라본다. 이상설李相卨
선생은 조선과 대한제국의 문신이자 일제강점기에 활동한
독립운동가이다. 국권 회복 운동에 힘쓰다 1917년 연해주
우수리스크에서 별세하였다. "내 몸과 유품은 모두 불태우
고/그 재도 바다에 날린 후 제사도 지내지 말라"는 유언을
남겼는데, 후대인들은 그 말씀을 받들어 수이푼 강변에서
화장을 하고 재는 북해로 날리고 문고와 유품은 불살랐다고
한다. 과연 이상설 선생의 뼈는 어떻게 빻았고 절구는 어떻게
강변까지 옮겨왔을까 물으면서 시인은 그 아득하고 성스러
운 장례식에 상상적으로 참여한다. "관을 메고 온 사람들의
/눈동자에 젖어 타고 있었을 화염"을 생각하는 것이다.
그렇게 이상설 선생의 삶과 죽음을 감싸고 있는 "재와 화염"
은 지금도 우리 존재와 역사의 시원을 밝히고 있을 것이다.
이러한 역사적 맥락에서 정철훈은 "북으로 간 백모가 전쟁
때/두 아들을 업고 피난 간 헤이타이"(「차창에 기대어 안부
를」)의 가족사나 "외투를 입은 홍범도"가 "허리에 권총을
찬 채/무릎에 두 손을 가지런히 올려놓고"(「사진과 병사

— 홍개호興凱湖에서」) 있는 민족사를 동시에 떠올려본다. "백파도, 적파도 아닌 소작농"에게는 이제 "먹고사는 일, 생계를 잇는 일"(「콧잔등을 씰룩」)이 가장 중요하지만 "아직도 신문을 읽으며 세상과 맞서는/사람이 있다는 게 눈물"(「신문 열람실」)겹기만 한 그곳의 사람들을 생각하는 것이다. 천천히 "한인 최초의 이주민 촌락 지신허로 들어가는 뚝방길"(「실개천은 잠시 빛나는 얼굴을 보여주고」)에서 시인이 부르는 노래가 적막하고 허허롭게 그러면서도 흐린 빛을 품은 채 들려온다.

블라디보스토크 기념품 가게에 걸린 유화 한 점
물감을 툭툭 찍어 바른 거친 붓질의 그림

며칠 전 우수리스크 북동쪽 시넬니코보에서 마주친 골목
풍경을 닮아 있었다
한인 최초의 볼셰비키 알렉산드라가 태어났다는 마을
그림 속 소년은 자전거를 끌고 가고 소녀는 노란 치마에
빨간 털모자를 쓴 채 마을 골목길을 걸어가고 있었다

왼편엔 키 큰 자작나무 몇 그루
농가 대여섯 채가 모여 있는 작은 동네
판자를 잇댄 나무 울타리

하늘은 푸르지도 어둡지도 않은 저녁 빛

마을 입구 아름드리나무엔 타이어 그네가 묶여 있고 농가
울타리 안에서 두 마리 개가 짖었으며 한 무리의 닭들이
모이를 쪼고 있었다
    알렉산드라도 오빠와 함께 타이어 그네를 타고 놀았겠지

    나도 모르게 그림 속 두 남매의 뒤를 조용히 뒤따르고
있었다
    더 따라가면 영영 못 돌아오겠지
    두 갈래 마음의 흐름이 자전거 바퀴에 걸려 돌고 있었다
    더 늦기 전에 어서 현실로 돌아가야지

    그러고도 미련이 남아 그림 속 진창길에 발이 빠진 채
멀어져가는 소녀의 뒷모습을 내내 바라보고 있었다
                              —「유년의 집」 전문

시인이 응시하는 "블라디보스토크 기념품 가게에 걸린
유화 한 점"은 비록 붓질이 거칠지만 우수리스크 북동쪽
시넬니코보에서 만났던 골목 풍경을 그대로 닮았다. 시넬니
코보는 "한인 최초의 볼셰비키 알렉산드라가 태어났다는
마을"이다. 유화 속에는 한 소년이 자전거를 끌고 가고 한

소녀는 노란 치마에 빨간 털모자를 쓰고 마을 골목길을 걸어간다. 자작나무 몇 그루와 대여섯 채 농가가 그 작은 동네의 전부이다. 시인은 마을 입구 아름드리나무에 매인 타이어 그네를 바라보고 농가 울타리 안에서 들려오는 개와 닭 울음소리를 듣는다. 알렉산드라도 오빠와 함께 타이어 그네를 타고 놀았을 것이다. 시인은 그림 속 두 남매를 조용히 뒤따르면서 두 갈래 마음의 흐름을 느낀다. 늦기 전에 돌아가야 할 '현실'과 미련이 남아 머물러야 할 '유년의 집'이 아른아른 시인의 단호한 발걸음을 붙잡은 채 "막막함을 오래오래 느끼고"(「막막함의 획득」) 있게끔 한 것이다. "유랑이라는 말을 몇 번이고 되뇌어 보는"(「왜 왔냐고 묻는다면」) 순간에 "겨울잠에 들어간 동물처럼 / 벌거벗은 실존과 마주친"(「싸구려 여관에서」) 것이다.

누구에게나 기억이란 현재형을 지탱해주면서 삶을 이끌어가는 어떤 심연이자 원형으로 각인된다. 정철훈의 오랜 기억은 자신이 살아온 날들에 대한 회상을 바탕으로 하지만, 특별히 가족사를 동반한 민족사의 흐름에 대한 빛이자 빚으로 끝없이 확장되어간다. 그런데 그 기억은 아픔과 그리움으로 묶이면서도 퍽 따뜻한 마음을 기저基底에 깔고 있다. 말할 것도 없이, 그것은 시인이 살아가는 삶의 자세에 잇닿아 있기도 하다. 이처럼 시인이 우리에게 들려주는 전언은, 이역異域의 역사를 재현하면서 삶이라는 커다란 화두에 근접

해가는 능동적 가치 발견의 감각에서 생겨난다. 그래서 그의 시에 담긴 시간의 내력은 오랜 기억으로 충일한 채 한반도 바깥에서 출렁이고 있는 것이다. 이러한 역사적 시원에서 부르는 은미하고 아름다운 노래야말로 최근 일어난 권력 발※ 역사 퇴행의 흐름에 대한 찬연한 반론이 아닐 수 없을 것이다.

4. 고독한 한 영혼과 나눈 시간들

다음으로 우리는 시집 후반부에 아름답게 펼쳐져 있는 '릴리'와의 삽화를 만나게 된다. 앞에서도 말했듯이 그녀는 '시인 정철훈'의 사촌 누이동생이다. 카자흐스탄 알마티에 살고 있다. 정철훈은 가파른 세상을 살아가는 고독한 한 영혼의 생애와 마음 그리고 그녀와 나눈 시간들을 때로 낭만적으로 때로 가장 치열한 역사적 감각으로 복원해간다. 그 바닥에는 낡아가는 시공간에 대한 안타까움과 그럼에도 아름답게 실존을 영위해가는 한 존재자의 고독을 균형적으로 담아내려는 시인의 태도가 들어 있다. 이러한 발화는 존재론적 순간과 역사적 흐름을 한 몸으로 묶으면서 다시 그것을 존재 확인의 불가능한 꿈으로 회귀시켜가는 데 기여한다. 이때 시인은 그녀의 삶을 불가피한 존재 형식으로 승인하면서도 지상의 변방에서 살아가는 한 영혼을 시 안에서 살려내는 언어적 사제가 된다. 결국 이번 시집에서 그는 그러한 순간의 힘으로 그녀의 생애를 탐색하고 증언하는 시편을 줄곧 보여준다. 소박한 낭만성이나 대상에 대한 외경에 머무르지 않고 시간의 흐름에 따라 일순 사라져가고 일순 또렷해지는 그녀의 존재 방식을 강렬한 예술적 자의식으로 전하고 있는 것이다.

알마티 시립공동묘지 입구에서
조화를 사 들고 오솔길을 걸어갔다
그 방향이 내가 사는 세상에서 가장 먼 곳이었다
울타리에 둘러싸인 묘지에 나무 십자가가 세워져 있었다
"어머니는 여기 가족 묘지에 묻혔어"
릴리는 무덤 주위에 들장미를 심었다
국경 너머에 들장미가 핀다면
그게 모두 릴리가 심은 들장미 같았다
풀을 헤치고 묘역 안으로 들어섰을 때 묘비에 새겨진
릴리의 외조부와 외조모의 이름을 처음 보았다
그들에게는 육십 년 전 남한 출신의 망명자에게
시집간 딸을 흙에 묻힌 채 돌려받은 것이었다
릴리는 어머니에 대한 모든 것을 떠올리려는 듯
걸레에 물에 적셔 묵묵히 묘비를 닦았다
들장미는 아직 꽃을 피우지 않았지만
딸이 흙으로 돌아온 것만으로도 꽃을 피운 것 같았다

한 사람이 더 들어갈 수 있는 가장자리에도

들장미가 심겨 있었다

나는 릴리에게 장미 한 송이 주지 못했지만

그 자리에 들어가 묻히고 싶었다

- 「릴리와 들장미」 전문

릴리와 함께 조화를 사 들고 찾아간 "알마티 시립공동묘
지"는 "내가 사는 세상에서 가장 먼 곳"에 있었다. 나무
십자가가 세워진 묘지에서 릴리는 여기가 어머니가 묻히신
가족 묘지임을 알린다. 그녀는 무덤 주위에 들장미를 심었는
데, 앞으로 시인은 국경 너머에 핀 들장미를 볼 때마다
릴리 생각을 할 것이라 예감해본다. "묘비에 새겨진 / 릴리의
외조부와 외조모의 이름"은 오랜 가족사를 그대로 보여준
것이었는데, "육십 년 전 남한 출신의 망명자에게 / 시집
간 딸을 흙에 묻힌 채 돌려받은" 것을 생각하자 그 외조부모
께서 "딸이 흙으로 돌아온 것만으로도 꽃을 피운 것" 같다는
것에 시인의 생각이 미친다. 그때 시인은 릴리에게 장미
한 송이 주지 못했지만 자신도 그 자리에 들어가 묻히고
싶은 충동을 느끼게 된다. 비록 "한국어를 읽고 쓰는 고려인
세대가 끝났다는 건 순리"(「알마티의 아이들」)이지만 여전
히 시인은 "이주민의 심정으로, 난민의 심정으로"(「태양의
독경」) 그곳의 공기와 흙과 꽃을 바라보았을 것이다. 그리고

그곳에 피어 있는 들장미는 릴리 자신이기도 했을 것이다.

　　모스크바–페테르부르크행 야간열차

　　4인용 침대칸 한쪽은 러시아 노부부

　　다른 한쪽은 릴리와 나

　　릴리는 나를 배려한다며 위 칸으로 올라갔고

　　나는 아래 칸에서 잠을 이루지 못했다

　　모스크바 근교를 벗어날 즈음 들려온 릴리의 목소리

　　창밖을 내다봐요, 석양이 지고 있어요

　　나는 카자흐인도 러시아인도 아니지요,

　　내 혈관에 몇 개의 피가 섞여 흐르는지 나도 몰라요

　　어머니 말로는 원래 러시아 혈통이었는데

　　카자흐, 집시, 투르크, 위구르, 아비시니아, 몽골, 키르키스,

　　그리고 아버지의 혈통인 한민족까지 모두 아홉 개의 피가

섞였다고 하더군요

　　그 밖에 내가 모르는 수십 개의 피가 섞여 있는지

　　누가 알겠어요?

　　나는 손을 위로 뻗어 릴리의 손을 잡았다

　　수십 개의 피가 섞이고

　　수십 번의 죽음을 거쳐 뻗어 나온 다섯 손가락

　　방금 새가 날아간 둥지처럼

릴리의 손은 따스했다

－「아홉 개의 피가 섞인 시」 전문

이 아름다운 시편은 "모스크바-페테르부르크행 야간열
차"에서 경험한 어떤 애절한 순간을 담은 작품이다. 4인용
침대칸 한쪽에는 러시아인 노부부가 탔고, 다른 한쪽은
시인과 릴리가 탑승했다. 모스크바 근교를 벗어날 때 릴리는
석양이 지는 창밖 쪽을 내다보라고 시인에게 말을 건넨다.
자신은 카자흐인도 러시아인도 아니고, 혈관에 여러 개의
피가 섞여 흐른다고 그녀는 끝없이 되뇐다. 원래 러시아
혈통이었지만 그 안에 카자흐, 집시, 투르크, 위구르, 아비시
니아, 몽골, 키르키스, 아버지 혈통인 한민족까지 모두 "아홉
개의 피"가 섞였다는 것이다. 이 아득하고 가파른 혈통 계보
에 이르러 시인은 손을 뻗어 그녀의 "수십 개의 피가 섞이고
/수십 번의 죽음을 거쳐 뻗어 나온 다섯 손가락"을 잡아본다.
새가 날아간 둥지처럼 따뜻한 그 손을 담은 "아홉 개의
피가 섞인 시"야말로 이번 시집의 중추이자 가장 빛나는
이미지가 아닐까 생각해본다. 그렇게 정철훈은 시집 곳곳에
서 "사촌누이 릴리의 합죽한 입을 닮은 휘파람"(「휘파람새
의 노래」)을 불기도 하면서 "카자흐에서 보면 / 가도 가도
동방이고 / 가도 가도 나에게 가는 길"(「횡단에 대하여」)이
펼쳐져 있음을 새삼 느낀다. 이 모든 것이 "헤어지면서 알게

되는 오래된 기억"(「건널목지기 베리크 씨」)의 의미망일 것이다.

이처럼 정철훈은 오랜 시간 힘겹고도 아름다운 생을 살아 온 릴리의 모습을 통해 자신의 기원과 상처를 담은 격정의 노래를 부른다. 일차적으로 그 안에는 그녀가 살아왔을 힘겨운 삶에 대한 쓸쓸한 응시와 매서운 성찰이 함께 녹아 있다. 표면으로 보자면 그녀의 몸속 깊이 새겨져 있을 것만 같은 상처의 흔적이 나타나지만, 이면에서는 그것을 치유하고 함께하려는 시인의 의지가 관통하고 있는 것이다. 아닌 게 아니라 시인은 오랜 시간 그녀가 겪은 상황을 자신의 몸속에 깃들이게 하면서 스스로에게 부과된 시간의 깊이까지 형상화한다. "인간의 마지막 열매라는 몰락의 환희"(「몰락의 환희」)를 응시하면서 "쓸쓸한 외형만 남아 있는"(「고장 난 시계 — 팔면통 역전에서」) 존재와 역사의 시원을 외롭고 높고 쓸쓸하게 바라본다. 이때 오랜 시간은 시인에게 끝없는 자기 확인의 순간을 가져다주면서, 시인으로 하여금 고독한 한 영혼과 나눈 순간들을 담아내면서 스스로도 새로운 존재자로 나아가기를 열망하게끔 해주는 것이다.

5. 동시대의 타자를 향한 필연의 사랑

지금까지 천천히 읽어왔듯이, 정철훈 시집 『릴리와 들장미』는 한결같이 이 세계는 비속하고 자신은 남루하며 세상을 비켜난 어딘가에 신성하고도 아득한 세계가 존재한다고 믿는 마음을 전한다. 그만큼 그의 시는 '낭만적 아이러니'의 정신에 미학적 토대를 두면서도 가장 아름다운 시원의 순간적 재현을 펼쳐준다. 그가 안타까워하는 현실 질서는 의외로 견고한 것들이지만, 그가 바라보는 표지標識는 절실하고 감동적이다. 물론 그 내면에 웅크린 비극성을 우리가 놓치면 안 될 것이다. 이 모든 것이 그의 시가 근본적으로 비극적 역사 인식과 낭만적 초월의 속성을 동시에 견지하고 있음을 암시해준다. 시인은 이러한 균형적 속성을 오래고도 지속적인 기행紀行의 형식으로 수행하고 있는 것이다.

그러나 우리는 이번 시집이 디아스포라 흔적이 숨 쉬는 북방에 대한 경험을 반영하는 데 본질이 있음을 말해야 한다. 그 점에서 그의 시는 파인, 백석, 용악 같은, 가장 근원적인 민족사적 기원을 상상했던 선행 시인과 적극적으로 연루된다. 또한 우리는 어떤 정신적 성소聖所를 사유하는 정철훈 시편에 이르러 이 속악한 평면적 시편을 입체적으로 넘어서는 경험을 한다. 어떤 가치가 상실되어버린 부재의 형식에서 발원하는 그의 시는 지난날에 대한 회한과 속물성에 대한 경계로 가득 채워져 있기 때문이다. 실존적 한계를 돌파하려는 열망, 존재와 역사의 시원을 찾아가는 기억, 이역의 타자를 향한 고통의 연대 등은 정철훈 시가 거둔 득의의 영역일 것이다. 이 점, 앞으로 더욱 그를 '큰 시인'으로 만들어갈 자질이 되어줄 것이다.

이번 시집의 상재를 축하드리면서, 앞으로도 정철훈의 시가 내밀한 기억과 삶의 구체성을 담아낸 시 쓰기의 대표 사례로 남아주기를 바란다. 특별히 동시대의 타자를 향한 필연의 사랑이 그 시 쓰기와 만나는 곳에서 일렁이는 미학적 파문을 오래도록 남겨주기를 희원해 마지않는다.

릴리와 들장미
초판 1쇄 발행 2023년 10월 30일

지은이 정철훈
펴낸이 조기조

펴낸곳 도서출판 b
등 록 2003년 2월 24일 (제2006-000054호)
주 소 08772 서울시 관악구 난곡로 288 남진빌딩 302호
전 화 02-6293-7070(대) 팩시밀리 02-6293-8080
누리집 b-book.co.kr 전자우편 bbooks@naver.com

ISBN 979-11-92986-14-2   03810
값_12,000원

* 이 책 내용의 일부 또는 전부를 재사용하려면 저작권자와
  도서출판 b 양측의 동의를 얻어야 합니다.
* 잘못된 책은 구입한 곳에서 교환해드립니다.